LE DEUIL
DE LA FRANCE.

LE DEUIL
DE LA FRANCE.
ODE
SUR LA MORT
DE MONSEIGNEUR
LE DAUPHIN.

*Par M. l'Abbé L***

A PARIS,

Chez PANCKOUCKE, Libraire, rue & à côté de
la Comédie Françoise.

M. DCC. LXVI.

LE DEUIL
DE LA FRANCE.
ODE SUR LA MORT

D E

MONSEIGNEUR LE DAUPHIN.

L E Ciel dans ſes arrêts toujours inéxorable,
Fait encore éclater ſa haine contre nous ;
Et pour punir un peuple à ſes yeux trop coupable,
   Il redouble ſes coups.

Ce n'étoit point aſſez qu'une cruelle guerre
Ait pendant plus d'un luſtre exercé ſes fléaux,
Que l'Empire, accablé du poids de ſa colere,
   Ait ſouffert tant de maux.

Il réſervoit encore au deſtin de la France,
Un déſaſtre nouveau, l'objet de nos douleurs,
Un Prince vertueux, notre douce eſpérance,
   Meurt au milieu des pleurs.

C'eſt ainſi que le Ciel ſe venge de nos crimes,
Que notre iniquité provoquant ſa fureur,
Il enleve à nos vœux ces cœurs grands, magnanimes,
    Nés pour notre bonheur.

    Ainſi, dans nos jardins, des rameaux indociles
A leurs troncs innocens cauſent ſouvent la mort.
Veut-on faire périr ces branches inutiles ?
    L'arbre a le même ſort.

    Oui, France, accuſe-toi de tes propres diſgraces !
Tu pleures des malheurs que tu t'es attirés,
En mépriſant ton Dieu, ſes ordres, ſes menaces,
    Ses oracles ſacrés.

    Quel ſiecle a jamais plus irrité ſa juſtice ?
Ah ! la vertu fait place au crime audacieux.
On ne voit en tous lieux que fraude, qu'artifice,
    Que blaſphême odieux.

    L'impiété hautaine attaque nos myſteres,
Cenſure notre foi, notre culte & nos loix ;
Tout ſemble être ſoumis aux inſultes ameres
    De ſa profane voix.

    Tous les jours elle acquiert de nouveaux proſélites ;
Elle porte par-tout un front impérieux.
La foi, la vérité, l'innocence interdites,
    N'oſent lever les yeux.

Voilà de tous nos maux la source véritable :
C'est de là que sont nés mille accidens divers :
C'est de là que nous vient la plaie irréparable
 De ce dernier revers.

Oui, nos crimes, Seigneur, ont creusé cet abîme...
Mais quoi ! si nous avons mérité ton courroux,
Faudra-t-il qu'un tel Prince, innocente victime,
 En porte tous les coups ?

Ah ! écoute plutôt ton Epouse sacrée :
Sois touché des soupirs & des cris des mortels.
Vois nos gémissemens : vois la France éplorée
 Aux pieds de tes autels.

Là le Roi consterné dans sa douleur extrême,
Sur un Fils qu'il chérit invoque ton secours.
Là sa famille en pleurs te prie, ô Dieu suprême !
 De protéger ses jours.

Là je vois à l'envi les Ordres de l'Empire
Accourir, s'empresser à désarmer ton bras.
Pour le Fils de leur Roi tous sont prêts à souscrire
 A leur propre trépas.

Là le cœur abbatu, les yeux baignés de larmes,
Tes Ministres placés entre le Peuple & toi :
Pardonne, disent-ils, & finis nos alarmes,
 Pardonne, ô divin Roi !

Là le pauvre affligé te demande fon pere,
La veuve fon appui, l'orphelin fon tuteur,
Et la Religion, notre commune mere,
 Son puiffant protecteur.

Là le Soldat s'armant d'une foi généreufe,
Se profterne à tes pieds, implore ta bonté,
Et t'offre le denier qu'une vie onéreufe
 Laiffe à fa pauvreté.

Exauces-nous : mais non, la célefte vengeance
Ne fauroit s'appaifer : nos vœux font fuperflus ;
Vers le Prince expirant déja la mort s'avance :
 C'en eft fait, il n'eft plus.

Il n'eft plus ce cher Prince, ô douleur ! ô trifteffe !
O cœurs vraiment Françöis, fenfibles à vos maux,
Approchez & voyez : montrez votre tendreffe,
 Et pleurez mon héros.

Le voilà ce héros, fi puiffant, fi célebre,
Nourri dans les grandeurs, de gloire revêtu ;
Et que lui refte-t-il en ce moment funebre
 Que fa feule vertu ?

La vertu feule a droit de furvivre à la vie ;
Seule elle ne craint point le funefte cifeau,
Seule à fes poffeffeurs ne peut être ravie,
 Et les fuit au tombeau.

La grandeur ici bas peut éblouir la vue,
Et cacher son néant sous le faste de l'or ;
Mais cet éclat trompeur , ô fortune imprévue !
    Disparoît à la mort.

  Alors les plus grands Rois ne font plus que des
        hommes ;
Loin les distinctions , loin les titres pompeux.
S'ils font Rois , c'est pour rendre au Maître des
    royaumes
    Un compte rigoureux.

  Vous qui sur ces faux biens fondez votre espérance,
Vos yeux trop tard alors verront la vérité.
Ils verront que vos biens & que votre opulence
    N'étoient que vanité.

  On oublîra bientôt ; par une loi commune ,
Vos noms , qui ne font point gravés au fond des cœurs ,
Et se dissiperont avec votre fortune
    Vos faux adorateurs.

  Mais vous , Prince chéri , vous l'exemple des
      Princes ,
Vous n'éprouverez point ces malheureux revers.
Votre nom regretté des villes , des provinces ,
    Remplira l'univers.

  L'univers vous aimoit ; & son amour fidele
Dans ces tristes momens ne s'est point démenti.
De quels sanglots le bruit de votre mort cruelle
    Ne fut-il pas suivi ?

Tel qu'eft un laboureur menacé d'un orage ,
De crainte & d'efpérance agité tour à tour ,
Son cœur eft fufpendu. Bientôt l'affreux nuage
    Vient obfcurcir le jour.

L'air fiffle , le ciel gronde ; une grêle effroyable
Attere la moiffon & brife les épis.
La famille ruftique alors inconfolable ,
    Perce l'air de fes cris.

Les longs gémiffements font retentir les plaines.
On accufe les cieux & le fort inconftant.
On foupire en voyant le fruit de tant de peines
    Périr en un inftant.

Telle en ce jour fatal étoit toute la France.
Incertaine , tremblante , elle ignoroit fon fort.
On craignoit ; mais la foi ranimant l'efpérance ,
    On attendoit encor.

L'orage fufpendu fufpendoit les alarmes ;
On n'ofoit jufqu'alors écouter fa douleur.
Mais on apprend.. ô ciel ! coulez , coulez nos larmes ,
    Pleurons notre malheur.

Le défefpoir bientôt fe répand dans les villes ;
Un même abattement faifit tous les efprits.
Il paffe du public dans le fein des familles :
    On n'entend que des cris.

A nos yeux affligés se préfente l'image
De tant de qualités, de talens, de vertus.
Jamais l'homme d'un bien ne voit mieux l'avantage
 Que quand il ne l'a plus.

Comment, s'écria-t-on, l'ame trifte, attendrie,
Comment a pû mourir ce vertueux héros,
Ce héros qui devoit faire de la patrie
 La gloire & le repos ?

Comment, ô Dieu, jaloux du bonheur de la terre,
As-tu pu l'arracher à nos vœux, à nos cris ?
Ah ! de tant de foûpirs, d'une ardeur fi fincere
 Eft-ce donc là le prix ?

Mais n'avoit-il donc pas, ce Prince ineftimable,
De quoi par fa vertu, par fa noble candeur,
Par fa religion du fort impitoyable
 Adoucir la rigueur ?

Admirons à jamais fa prudente fageffe,
Ses foins, fon action, fon zele pour fon Roi,
Sa générofité, fa bonté, fa tendreffe,
 Son ardeur pour la foi.

Rappellons-nous ce jour *, où guidé par la gloire,
Bravant avec LOUIS l'ennemi furieux,
L'un & l'autre invita, décida la victoire
 Et le combat douteux.

* Bataille de Fontenoy.

Quelle ardeur emportoit ces deux ames guerrieres,
Lorſque de toutes parts entourés d'ennemis,
La mort enleva preſque à nos troupes altieres
    Et le Pere & le Fils.

Nous le voyons, grand Dieu, Dieu toujours
    inflexible,
En raſſemblant ces traits de vertu dans ſon cœur,
Tu voulois rendre encor ſa perte plus ſenſible,
    Et combler ta rigueur.

Telle eſt de vos François la douleur obſtinée,
Tels, ſi pourtant les pleurs peuvent toucher les
    morts,
Prince, vous les voyez pleurer la deſtinée
    Du plus cher des tréſors.

Leur ſuffrage aujourd'hui n'eſt point ſuſpeсt aux
    ſages ;
Autrefois il eût pu vous paroître flatteur :
Mais les pleurs à la mort ſont d'infaillibles gages
    Des ſentimens du cœur.

Mais que dis-je? où m'emporte une ardeur inſenſée?
Que fait donc à ſon cœur l'eſtime des humains ?
Que peut la vanité ſur une ame embraſée
    Du pur amour des Saints ?

Non, non, il n'aima point la vaine récompenſe
Que le monde promet à ſes adorateurs ;
Elevé dans la gloire, il connut dès l'enfance
    Le néant des grandeurs.

(13)

Fuyant les voluptés dont notre fiecle abonde,
Des poifons féducteurs dédaignant les appas,
Il fçut, fage Chrétien, vivre au milieu du monde
    Comme n'y vivant pas.

D'un œil indifférent il regarda le trône :
Epris du feul amour d'un célefte avenir,
Il ne foupira point après une couronne
    Que la mort peut ravir.

Eh ! comment fur un trône occupé par fon Pere,
Eût-il porté les yeux, ce religieux Fils ;
Lui qui pour conferver une tête fi chere
    Se fût donné pour prix ?

Quel fiecle vit jamais un Prince plus fidele,
Et dont le zele ardent pût moins être fufpect ?
Quel fiecle vit jamais un plus rare modele
    D'amour & de refpect ?

Que nous offre l'hiftoire ? Un injufte Alexandre
Qui mouilloit de fes pleurs les lauriers paternels.
Des fils qui, pour régner, ne fçurent pas attendre
    Les décrets éternels.

Celui que tu regrette, ô généreux Monarque,
Craignit plus qu'il n'aima le pouvoir fouverain ;
Pouvoir qu'il n'eût reçu que des mains de la Parque
    Qui rompra ton deftin.

Aussi tu lui rendis tendresse pour tendresse ;
Dans ses jours de douleurs tu gémis sur son sort :
Aujourd'hui languissant , abbattu de tristesse ,
    Tu pleure encor sa mort.

Quelque noble rayon de ta Majesté pure ,
Qu'on vît avec éclat sur son front répandu ;
Tu n'aimois pas en lui seulement la nature ,
    Mais bien plus la vertu.

Mais si ce n'est pour nous, si ce n'est pour la France,
Cessons donc de pousser des soupirs indiscrets ;
Et sa vie & sa mort nous donnent l'espérance
    Qu'il jouit de la paix.

On le vit dans ses maux humble, soumis, fidele,
Seul tranquille au milieu de ses amis en pleurs ;
Et content d'acheter une joie éternelle
    Par de courtes douleurs.

S'il n'est point d'autres maux que le Ciel nous
    réserve ,
Ce désastre pour nous sera moins dangereux ;
Grand Roi , qu'à tes Sujets le Seigneur te conserve ,
    Et nous ferons heureux !

Ah ! si de nos forfaits l'iniquité te lasse ,
Donne-nous un esprit plus souple à tes leçons.
Change nos cœurs , Seigneur , & rends-nous par ta
    grace
    Plus digne de tes dons.

(15)

Et Toi, cher aux François, Fils d'un Prince fi fage,
Héritier de. fon nom , fois-le de fa vertu.
Que le Roi confolé retrouve en toi l'image
    Du Fils qu'il a perdu.

F I N.

Lu & approuvé ce 11 Janvier 1766. Signé,
MARIN.

Vu l'Approbation, permis d'imprimer ce 15
Janvier 1766. Signé, DE SARTINE.

www.ingramcontent.com/pod-product-compliance
Lightning Source LLC
Chambersburg PA
CBHW061447170626
46811CB00005B/2399